GAME

Lust ohne Liebe

2

Mai Nishikata

INHALT

Spiel 005

GAME
Lust ohne Liebe

Das weiß er auch selbst

···

··· und genießt einfach nur das Spiel.

Haa!

»Sollten wir uns aufrichtig ineinander verlieben, kommen wir zusammen.«

Diese Regel mag zwar existieren ···

Haa!

··· aber die Wahrscheinlichkeit dafür geht gen null.

Haa ···!

Haa!

Uh ···

Haa ···

Und auch ich halte mich ...

... ansons-ten ...

... aus seiner Welt raus.

uerberatung Shiroki

Frei-genommen?

Posteingang
Absender: Ryoichi Kiriyama
Empfänger: Sayo Fuji
Aw:
XX. Mai 20XX, 08:39
Vielen Dank, dass du dir Sorgen machst. Ich denke, ich werde in ein paar Tagen wieder zur Arbeit kommen können.
Verzeih bitte die Umstände.
In ein paar Tagen?
Dann muss es ja ganz schön schlimm sein …
…
ピンポーン
Ding
Dong

Sicher-
lich
...

...
möchte
er vor
anderen
...

Das
macht
einem ja
Angst
...

Wie
konnte
er damit
noch rum-
laufen?

Biebiep

38.7

... keine
Schwäche
zeigen.

...
für ihn
...

Die Wohnung
gleicht einem
Hotelzimmer.
Sie wirkt nicht,
als würde hier
jemand leben.

Schon als
ich das erste
Mal hier war,
hatte ich den
Eindruck
...

...
sind
auch diese
Räume Teil
seines
Spiels.

Er hat
von vorn-
herein
...

... nicht
die Absicht,
die Leute
...

... oder
den Leuten
selbst
...

... die hierher-
kommen, näher
an sich heran-
zulassen
...

Blinzel

... näherzu-
kommen.

Öhö

Ja? Das freut mich.

Das war sehr lecker.

Die Pfirsiche schmecken wirklich gut.

Na dann.

Es fühlt sich an, als würde ich auf clevere Weise gefoltert werden ...

Willst du nicht hier schlafen?

Du kennst echt keine Scham, oder?

Schlaf jetzt.

Hah
...

Taps

Und was, wenn du mich jetzt angesteckt hast?

Willst du nicht hier schlafen?

Das ist ja wohl keine Option.

Ich halte es aber für eine gute Idee.

Wie hast du dich überhaupt erkältet?

Wahrscheinlich, weil ich oft nackt schlafe.

Dann zieh was an!

Aber ich genieße dieses Gefühl, nachdem ... wir es getan haben, Sayo.

Liegt es ...

...

Diese
Worte
...

»Ich
freue mich
...«

... waren
jedenfalls
von allem
...

... was er
bisher zu
mir gesagt
hat
...

Pamm

Klack

Spiel 005 – Ende

Spiel 006

...
Lügen, um
dieses Spiel
...

...
voranzu-
treiben.

Simple
Lügen.

Hä?!

Aber unter deinen Freunden waren doch sicher ein paar schnuckelige Typen dabei ...

... oder nicht, Sayo?

Eher nicht.

Kein Einziger?

Nein.

Nicht wirklich.

Du hättest nicht so ernsthaft überlegen brauchen ...

Kiriyama ...

... wir gehen! Bereiten Sie bitte alles vor.

Ja.

Schon gut.

Das tut mir leid.

Steuerberatung Shiraisi

Bitte sehr, Ihr Tee.

Dann auf gute Zusammenarbeit.

Ogawa Klinik

Ogawa Klinik

Ja.

Das hast du letzte Woche auch gesagt und dich verbrannt.

Das kann ich nicht mit ansehen.

Das war doch nichts Schlimmes.

Du übertreibst!

Klonk

Ah!

Tock

Ich mach das.

Wirklich? Solltest du nicht lieber zu deiner Arbeit zurück?

Ich gehe neuen zubereiten.

Es tut mir so leid.

Außerdem sollst du nicht ständig in der Küche stehen.

Ja, ja ...

Fangen wir an!

Klatter

Du hast aufrichtig gelächelt ...

Hä?

So hab ich dich zum ersten Mal gesehen.

Na und?

Das hat dich nur noch niedlicher gemacht.

Klatter

Zum Beispiel ...

Lügen.

...

Geh an die Arbeit.

Raschel

... wie du versuchst, deine Verlegenheit vor mir zu verbergen ...

Alles Lügen.

... oder partout nicht vor mir lächeln willst ...

Ich bin nicht verlegen.

Spinnst du?

Nichts als Lügen.

Ich
weiß
...

...
es sind
nur Lügen.

Hobbys sind etwas, das einem Spaß bereitet, nicht?

Und Sex macht mir Spaß.

Es ist das Einzige, von dem ich nie genug kriege.

Dabei habe ich bereits die unterschiedlichsten Dinge gemacht ...

Du und ich ...

... genießen hier doch nur ein simples Spiel.

Es ist nicht nötig ...

... mehr übereinander zu wissen, oder?

Okay ...

Genug jetzt!

Ah ja ...

Warum willst du das wissen?

Was ist dein Hobby, Sayo?

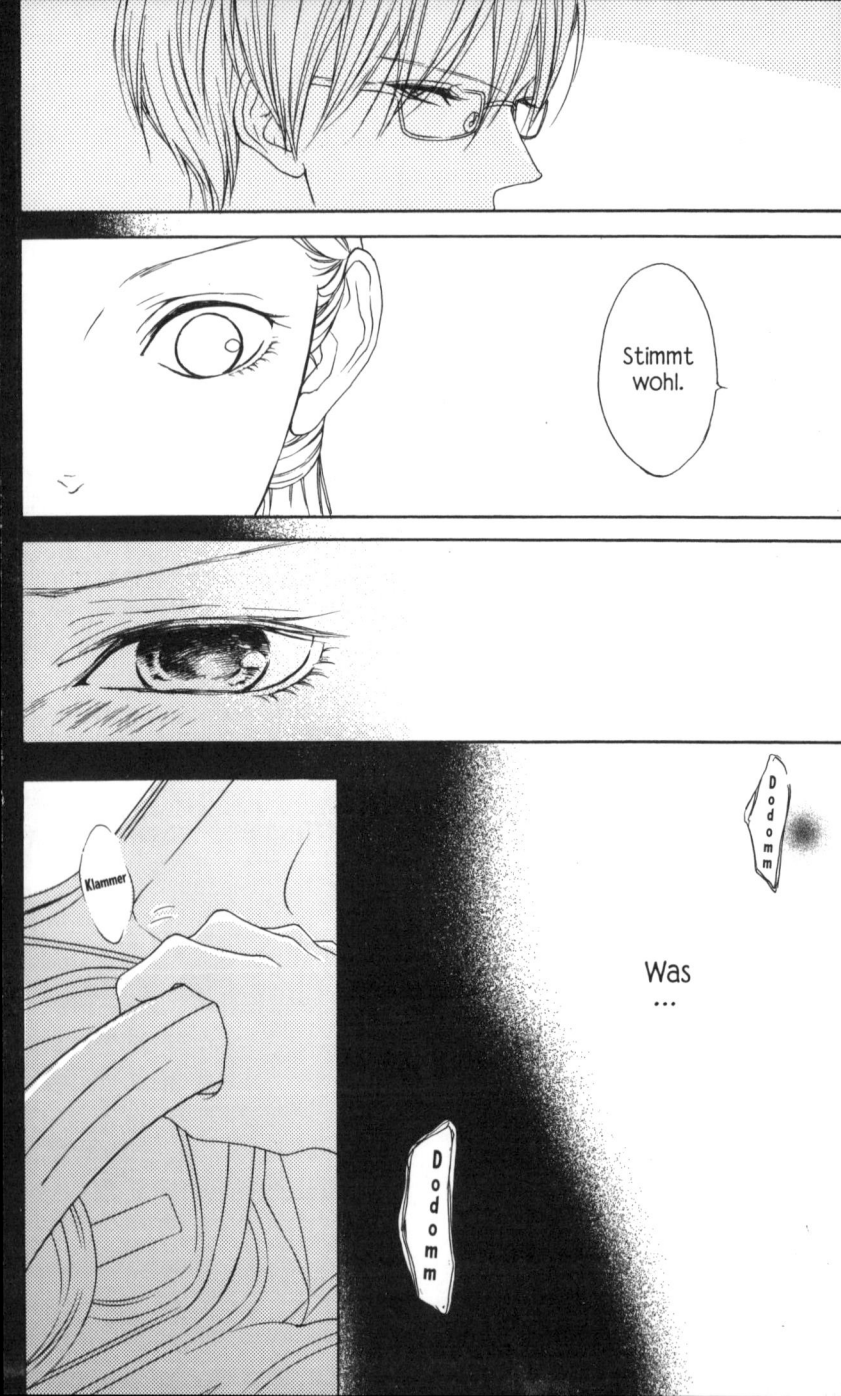

Kriee

Ah
...

Und
dennoch
...

... setzen
wir diese
sinnlose
Affäre
fort
...

Kriee

Haa
...

Ah
...

Haa ...

Kriee

Es ist
so ange-
nehm
...

...
wenn
...

...
ich
...

...
mit
Kiriyama
schlafe.

So viel
...

Tick

Tack

Tick

Gute
Nacht.

»Hast du denn noch nie einen Mann ...

... niedlich gefunden?«

»Nicht bewegen.«

Haa ...

»Ah ...«

Spiel 006 – Ende

Spiel 007

Badumm

Das ist ...

... wirklich gut ...

... Sayo.

Es ändert ...

Uh ...!

...sich
nichts
...

Steuerberatung Shiroki

Klack

Klack

Klack

Morgen,
Takahata.

Mor-
gen!

Morgen,
Sayo!

Und
Taka-
hata!

Was
...?
Was
ist mit
dir?

Tröstet
mich
...

Hä?

Was
ist pas-
siert, Herr
Takaha-
ta?!

Uwah!

Uwah!
Was ist
mit deinem
Gesicht?

Es ist
geschwol-
len und du
hast Augen-
ringe!

Uh
...

Funkel

Guten
Morgen.

Klack

Wah!
Was
soll
das?!

...sol-
len
mich
trös-
ten!

Alle
Kol-
le-
gen
...

Wow!
Wieso?

Flomp

ズルルル

Uuuuh!

Uuuh!

Doink

コン！

Kiriyama! Du musst mich auch ...

Ausweich

ひょい

Das nervt langsam, spuck's schon aus!

Hey, was ist?

Warum sollen wir Sie trösten?

Was ist denn los?

Wa ha ha ha!

Herzlich willkommen!

Lärm

Lärm

Yum Yum

Yum Yum

Ding

ち

ー

ん。

Meine Freundin hat sich von mir getrennt ...

Wir sollen die ganze Zeit mit Ihnen rumhängen, und sagen dann so was?

Geht dich nix an.

Übrigens, warum hat sie Sie verlassen?

Haben Sie nicht gesagt, dass Sie sich über alles lieben?

Wischen Sie sich bitte den Rotz weg!

Urgh! Eklig!

UWAAAAH!

Tröstet mich!

Buhu

Das glaubst du doch selbst nicht!

Sei nicht traurig! Ah! Ist es okay, wenn ich das hier esse?

Manche Menschen nehmen das wohl als zu anhänglich wahr.

... kam sofort geflogen, wenn was war.

Sie stand an erster Stelle und ich ...

Ich ... Ich hab sie geliebt ...

S... s... Sie meinte, ich wär 'ne Klette ...

...
Kiriyama
etwa auch
irgendwel-
che Erinne-
rungen
...

Du ver-
trägst so
einiges
...

Verbin-
det
...

Nicht
mehr als
andere.

...
mit
diesem
Duft?

Ah
ja.

Hast du
irgend-
was?

Nein, Quatsch!

Was soll dieser Gedanke?

Das ist doch bescheuert.

Ist er etwa ...

... meinetwegen wütend geworden?

... dann macht er das nur ...

... um mich zu manipulieren.

So was würde er niemals machen.

Und selbst wenn's so war ...

Taka-hata ...
... ich bringe dich bis zur Haltestelle.
Ich komm auch mit!
Uuh ...
Danke euch!
Also dann.
Dan-ke für alles!
Gute Nacht ...
Pamm

Dann wollen wir mal aufräumen …

Hah …

Dann vielen Dank für alles!

Nacht!

Nacht!

Gut.

Aber dann verpasst du deine letzte Bahn.

Lass uns aufräumen!

Lass ruhig!

Wirklich?

Ja.

Ding

Dong

Quiee

Puh …

Psscha

Plätscher

Komm rein.

Lächel

Puh ...

Ah ja ...

Was ...?

Hast du was vergessen?

Morgen haben wir frei, oder?

Tapp

... unnötige Dinge gleich zu entsorgen ...

... oder nicht?

Es ist besser ...

... noch an den damit verbundenen Erinnerungen?

Oder hängst du et- wa ...

Das ...

... geht dich nichts an.

Schnapp

Gluck

Gluck

Ich
mag
...

... den
Duft auch
nicht be-
sonders.

Tock.

Jetzt fühle ich mich besser.

Danke.

Für einen Augenblick hab ich mich gefragt ...

»Soll ich es für dich wegschmeißen?«

Auf diese Weise ...

»Reiß dich bitte zusammen ...

... ob er eifersüchtig auf meinen Ex ist.

... versucht dieser Mann, mich in seine unsichtbare Falle zu locken.

... Takahata.«

Es war von Anfang an so ...

... und es nimmt kein Ende.

Küss

Wollen wir langsam schlafen gehen?

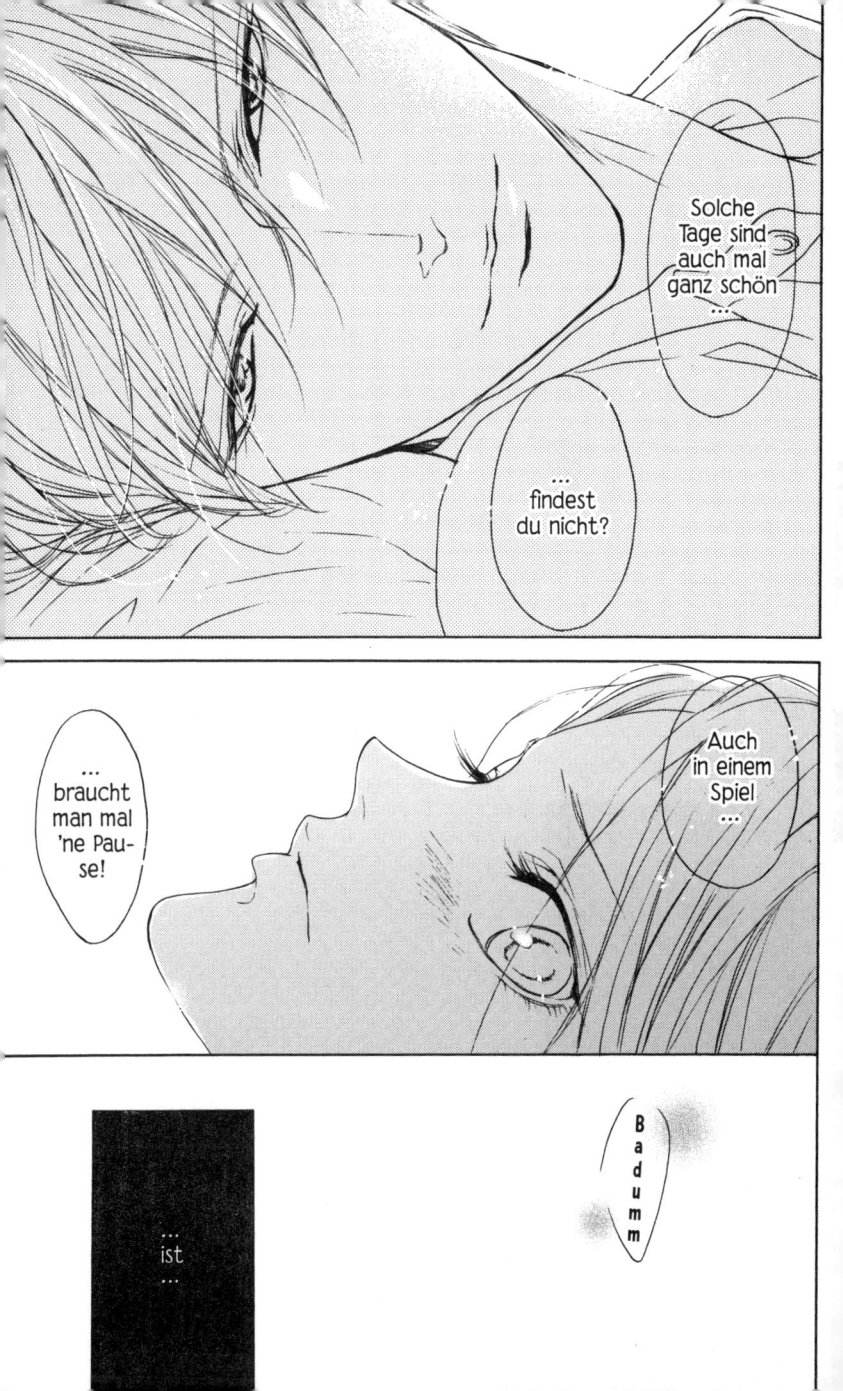

Badumm

Stimmt
...

...
lediglich
Teil dieses
Spiels.

Spiel 007 – Ende

Spiel 008

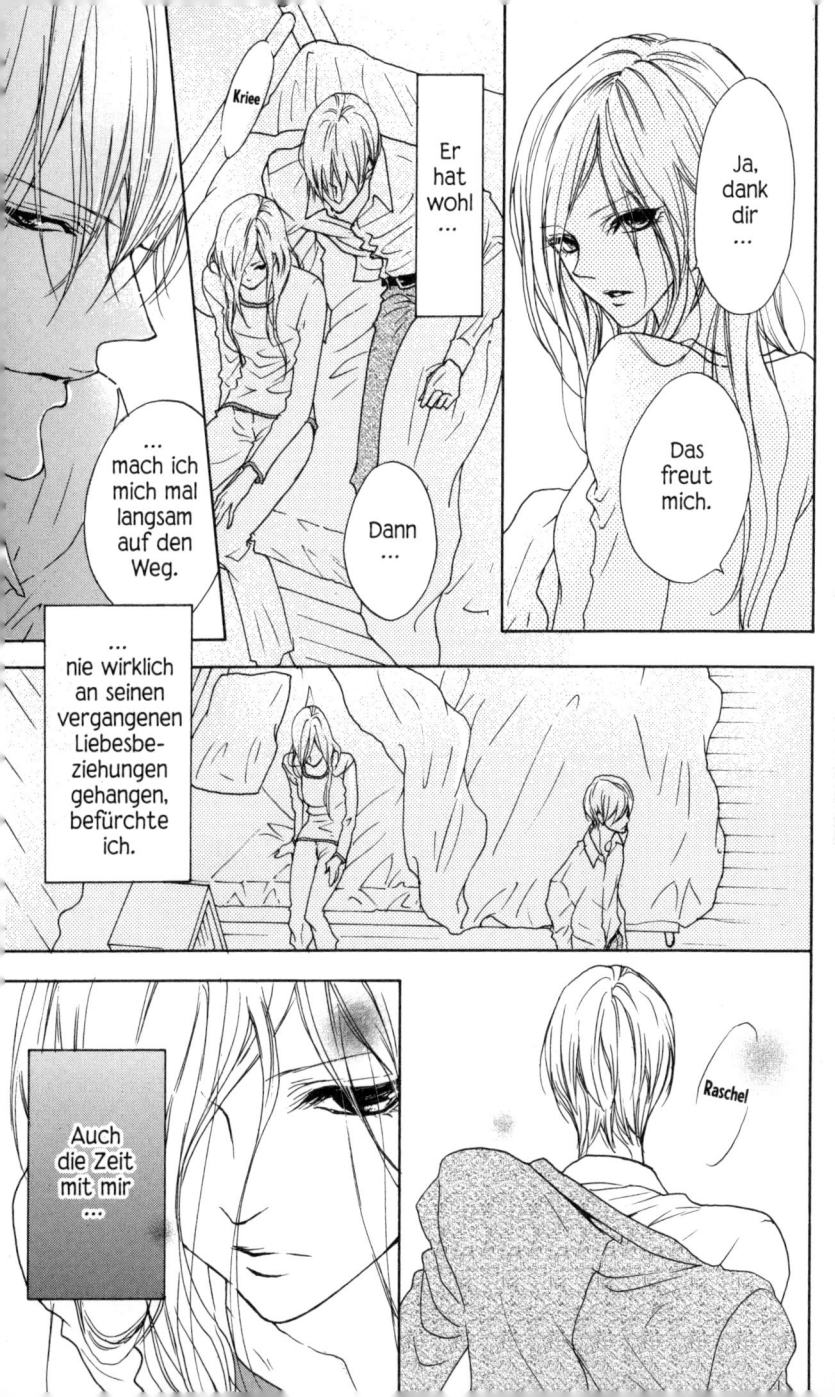

Kriee

Er hat wohl ...

Ja, dank dir ...

... mach ich mich mal langsam auf den Weg.

Dann ...

Das freut mich.

... nie wirklich an seinen vergangenen Liebesbeziehungen gehangen, befürchte ich.

Auch die Zeit mit mir ...

Raschel

… wird für ihn …

… wohl niemals mehr …

… als ein Teil vergangener Tage sein.

Also …

Feuerberatung Shiroki

Hey! Ist das ihr Ernst?

Na was wohl? Das wieder hinbiegen natürlich.

Was machen wir jetzt damit?

Es tut mir wirklich leid.

Dann werde ich mal gehen.

Ich bin euch wirklich überaus dankbar.

... in dem Fall nicht ernsthaft zusammenkommen?

Wollen wir ...

Wenn wir ein echtes Liebespaar sind, macht es nichts, oder?

Bei dem, was ich mit dir so tue, wirkt es fast, als wären wir längst ein echtes Liebespaar ...

... aber ... ich weiß schon gar nicht mehr, wovon ich rede.

... in den ich mich aufrichtig verlieben kann ...

Ich hab kein Interesse an solchen Scheinbeziehungen. Ich wollte mit jemandem zusammenkommen ...

Wie oft soll ich es noch sagen?

Tipp

Tipp

Hah ...

Tipp

Klack

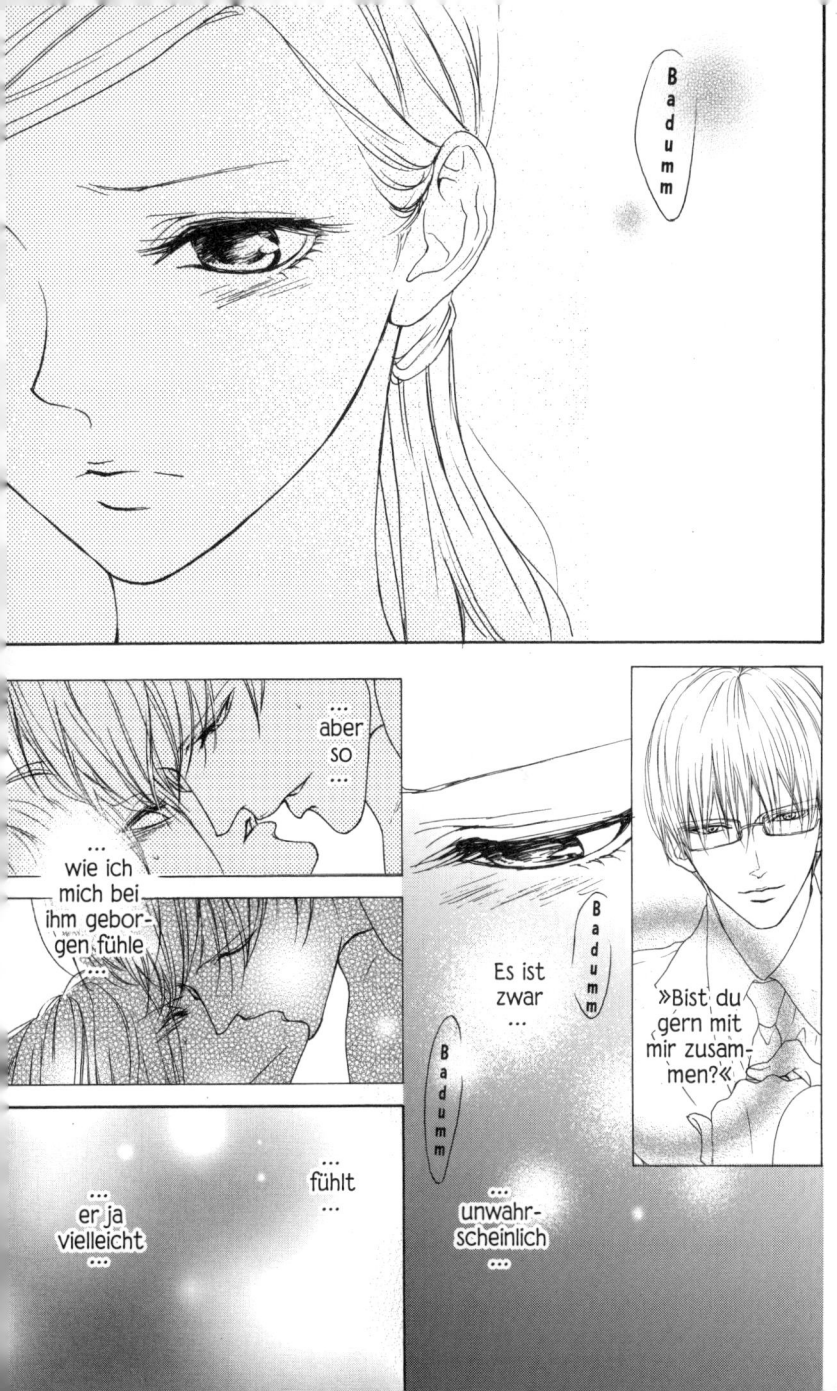

Badumm

...
aber
so
...

...
wie ich
mich bei
ihm gebor-
gen fühle
...

Es ist
zwar
...

Badumm

Badumm

»Bist du
gern mit
mir zusam-
men?«

...
fühlt
...

...
er ja
vielleicht
...

...
unwahr-
scheinlich
...

»Deshalb würde ich kündigen.«

... etwas Ähnliches in meiner Gegenwart ...

Gwit

Tschüss!

Schönen Abend!

Steuerberatung Shiroki

Steuerberatung Shiroki

Frau Fuji!

Herr Sawada.

Katschack

Tut mir leid.

Ich lasse Ihnen den Schlüssel da. Machen Sie bitte zu!

Langsam wird das bei Ihnen zur Gewohnheit! Na gut, aber nur noch heute!

Und sperren Sie am Montag auf.

Bleiben Sie nicht zu lange!

Es tut mir leid, aber dürfte ich noch ein wenig länger bleiben?

Ich möchte so langsam abschließen.

Ich bin gleich noch verabredet.

Hmm ...

Wir sollten besser schnell fertig werden, oder?

Sicher hat sich bei dir einiges an Arbeit aufgestaut, oder?

...

... Also ...

... wenn ich Überstunden mache, noch einen Tag.

Was meinst du, wie lange du hierfür noch brauchst?

Lächel

...

... heute noch.

Bringen wir's zu Ende, und zwar ...

Mach bitte keine unnötigen Fehler.

Ich werde mein Bestes geben.

Meinst du, du schaffst das?

Alles klar.

Lächel

Wenn wir bis eins fertig sind, willst du ...

... dann noch mit zu mir? Morgen haben wir ...

... schließlich frei.

So zu neunzig Prozent.

Du hilfst mir doch nicht etwa nur deswegen?

Ich geb's auf ...

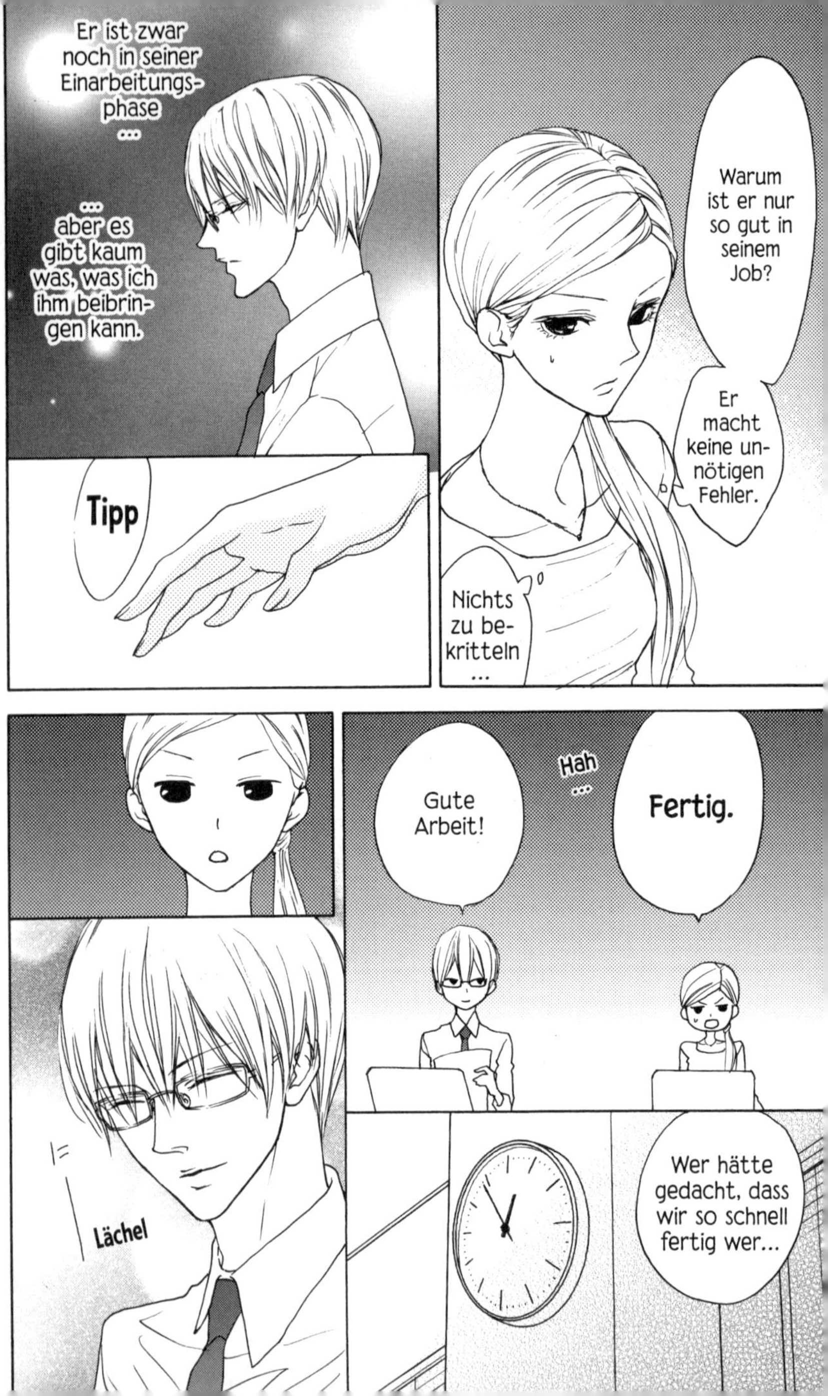
Warum ist er nur so gut in seinem Job?
Er macht keine unnötigen Fehler.
Nichts zu bekritteln ...
Er ist zwar noch in seiner Einarbeitungsphase ...
... aber es gibt kaum was, was ich ihm beibringen kann.
Tipp
Fertig.
Hah ...
Gute Arbeit!
Lächel
Wer hätte gedacht, dass wir so schnell fertig wer...

Für
ihn
...

...
gibt es
keinen
Unter-
schied
...

...
zwischen der Zeit,
die er jetzt mit mir
verbringt, und der
Zeit, die er damals mit
den anderen Frauen
verbracht hat.

Der
»Spaß«
...

...
den er
hat
...

Er
fühlt
...

...
auf keinen
Fall Geborgen-
heit in dieser
Beziehung.

...
ist einfach
nur Bestand-
teil dieses
Spiels.

Kriee

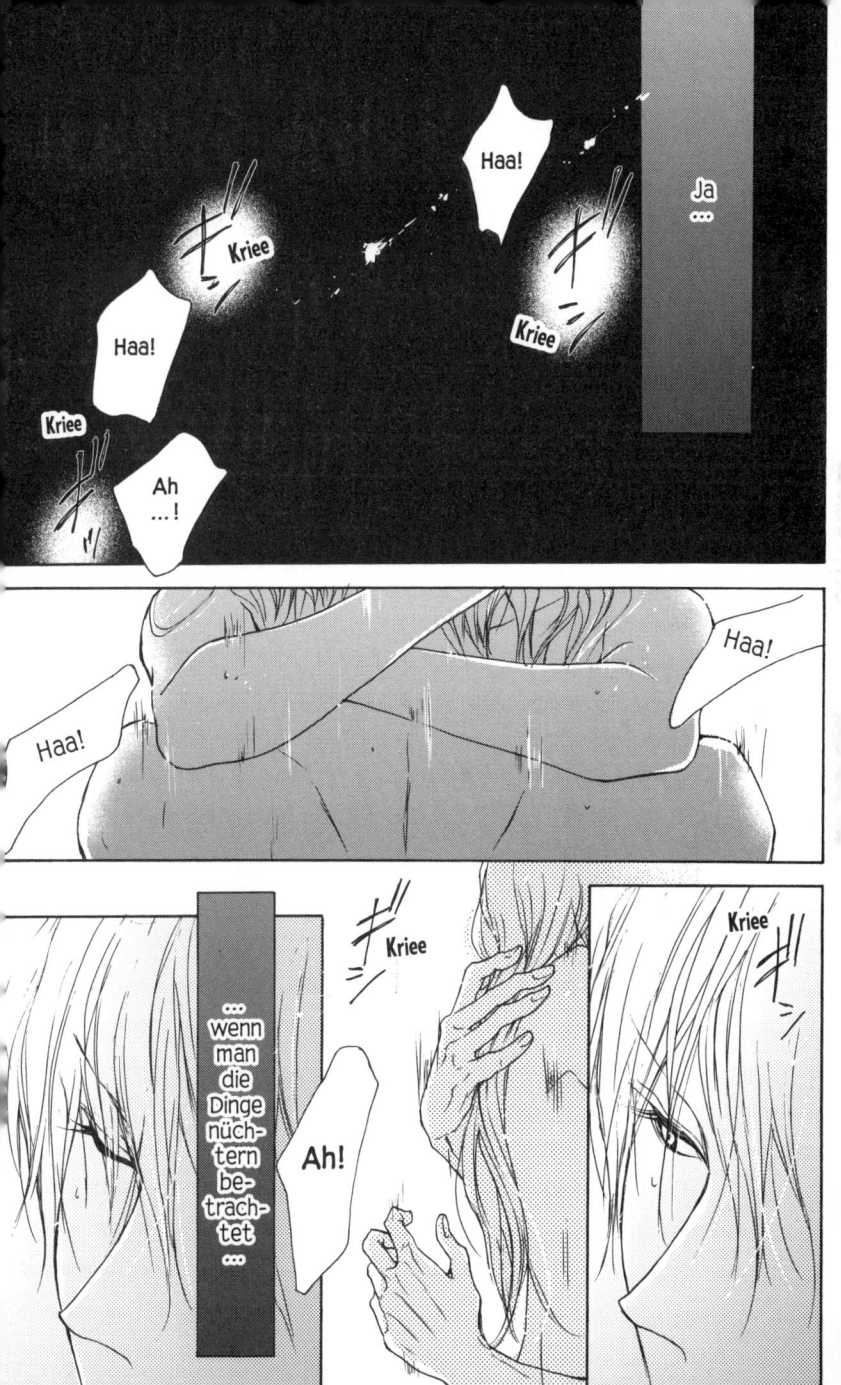

...
kann es
ein durch-
aus amü-
santes
Spiel
sein.

Spiel 008 – Ende

Spiel 009

Klatter

カ゛ン

Steuerberatung Shiroki

Hah...!

Bonk

»Aufgeben ist ein Zeichen von Schwäche.«

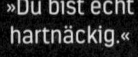

»Du bist echt hartnäckig.«

»Ich möchte nur was trinken. Ich kauf uns Alkohol und komme zu dir.«

»Geht nicht. Ich hab Arbeit, die ich noch erledigen will. Lieber ein andermal.«

Hah
°°°

»Ja, ja.«

»Bier.«

»Alles klar. Gib mir später den Schlüssel zu deiner Wohnung.«

Mir reicht's. Das nervt ...

Tipp
Tipp

Er macht solche Sachen echt gern, was?

Brodel

Tipp *Tipp*

Wenn ich recht überlege, hat er schon bei seiner Vorstellung an seinem ersten Tag ...

»Ich mochte die Atmosphäre, die diejenigen, die ihr Unileben genossen, verbreiteten!

Deswegen hat jede Klubaktivität großen Spaß gemacht.«

Lächel

Tipp *Tipp*

... den Eindruck erweckt, sich auf nichts fest einzulassen.

Das hat sich auch jetzt nicht verändert ...

»Sie sagten, Sie waren in mehreren Schulklubs eingeschrieben, Herr Kiriyama.«

»Ich war zwar überall eingeschrieben, aber eher als Scheinmitglied. Ich bin eingesprungen, wenn ich gebraucht wurde.«

... könnte man meinen ...

... dass er womöglich nur getreu seinen Gefühlen lebt.

Ich habe zwar vor ...

Haa ...

»Jemand wie sie ist wohl alleine eh besser dran. So ist sie von niemandem abhängig.«

... das »Spiel« mit ihm zu genießen ...

Er ist da, oder?

Hach...

Wie nervig...

Willkommen daheim.

Ich hab mich schon mal bedient.

Ja...

Hey, ich bin ehrlich gesagt ziemlich müde...

Danke...

...und mag lieber erst mal duschen, okay?

Wollen wir zusammen duschen?

Nein, danke.

Was ...?
Komm her.
Auf keinen Fall!
Dann lass uns ...
... Schere, Stein, Papier spielen.
Die Chancen stehen fifty-fifty ...
... und es gibt kein Zurück.
Gut.
Aber dann ...
... musst du direkt gehen, wenn ich gewinne.
Genervt
ムカー
Also los!
Schnick ...

Womp

ドサッ

Hey...

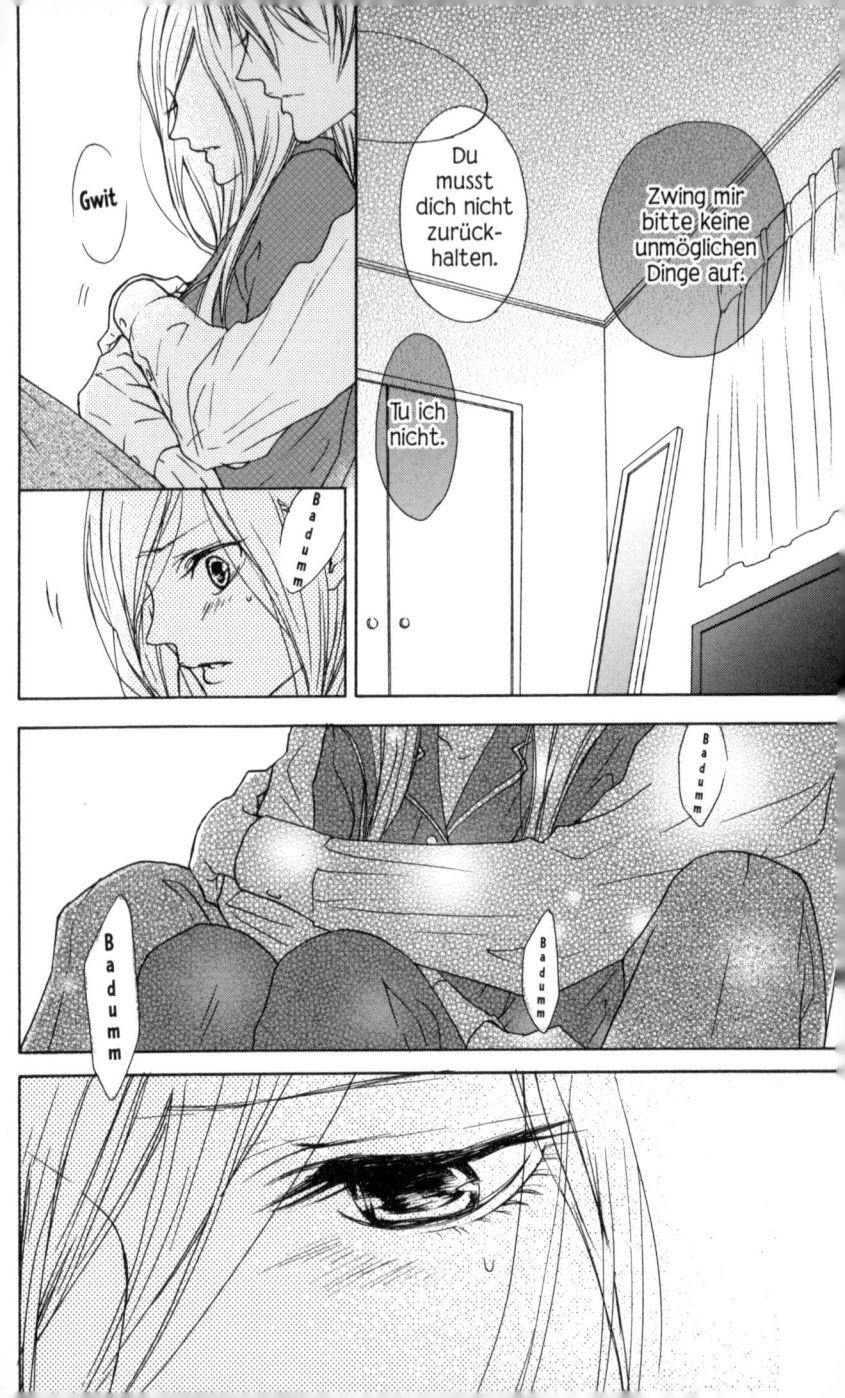

Wenn das so ist, entschuldige ich mich ...

... von ganzem Herzen.

Wenn das alles ist, was du in mir siehst ...

... hast du mich bisher völlig missverstanden.

Ist es denn so?

... wenn du mit mir sprichst ...

... liegt in deinen Worten so viel Emotion ...

... wie in einem gewöhnlichen »Guten Morgen«.

Es fühlt sich zwar so an ...

... aber ich weiß es selbst nicht genau.

Wer weiß.

Eigen- und Fremdwahrnehmung unterscheiden sich doch immer.

Nein, er ist ehrlich, oder? Ich weiß es einfach nicht mehr.

Weicht er mir etwa aus?

Ich merke, dass du nicht lügst ...

... aber ...

Dann ...

... gehe ich jetzt.

Ruh dich gut aus.

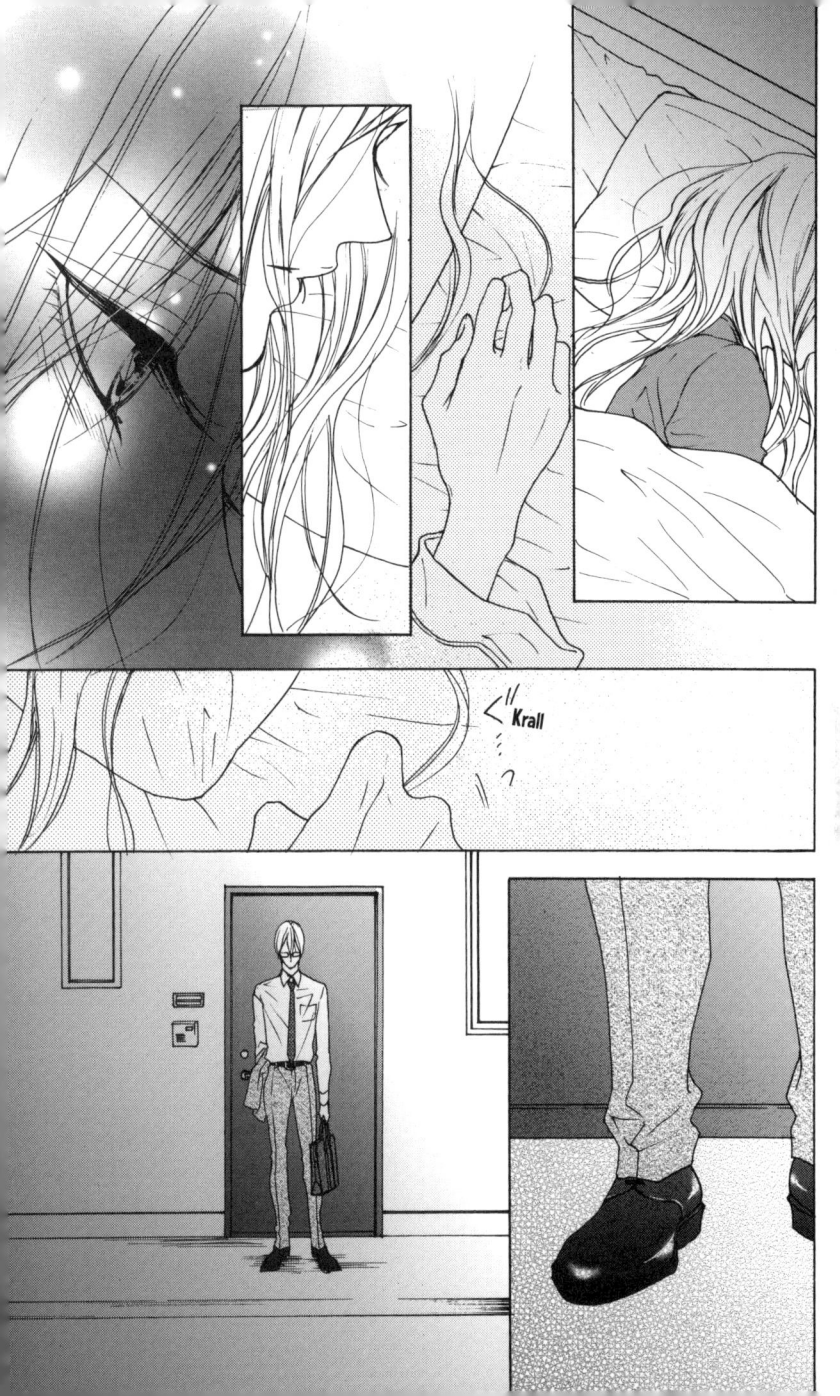

Krall

»Wenn du mit mir sprichst, liegt in deinen Worten so viel Emotion ...

... wie in einem gewöhnlichen ›Guten Morgen‹.«

Spiel 009 - Ende

Danksagung

Manager Y. Shita
Designer S. Uni
K. Ike
Okuyama
M. Ho
Chosu
meiner Familie und meinen Freunden
allen, die an der Veröffentlichung dieses Buches beteiligt waren
und den Lesern —
ich danke euch!

Nachwort

Danke, dass ihr bis hierhin gelesen habt. Das ist der zweite
Band. Seit Band 1 erschienen ist, ist die Zeit wie im Flug ver-
gangen. Schritt für Schritt bewegen sich die Herzen der beiden
aufeinander zu und ich habe noch sehr viele Geschichten, die
ich über sie zeichnen möchte, daher würde ich mich freuen,
wenn ihr sie weiter begleitet. Ich wäre sehr glücklich, wenn
ihr im dritten Band wieder mit ihnen mitfiebern würdet.

Oktober 2016, Nishikata

altraverse

Deutsche Ausgabe / German Edition
Altraverse GmbH – Hamburg 2021
Aus dem Japanischen von Iga Handtke

GAME - SUITS NO SUKIMA - by Mai Nishikata
© Mai Nishikata 2016
All rights reserved.
First published in Japan in 2016 by HAKUSENSHA, Inc., Tokyo.
German language translation rights arranged with HAKUSENSHA, Inc., Tokyo
through Tuttle-Mori Agency, Inc.

Redaktion: Katrin Aust
Herstellung: Jacqueline Bradtke
Lettering: Vibrant Publishing Studio

Druck: CPI books GmbH, Leck
Printed in Germany

Alle deutschen Rechte vorbehalten.
ISBN 978-3-96358-019-2
2. Auflage 2021

www.altraverse.de